사슴공원에서

사슴공원에서

고영민 시집

창비

차 례

제1부

거웃

산 밑 언저리가 검게 그을려 있다
밭둑에 잠깐 풀어놓은 불이
산으로 도망치려 했던
흔적이다

밭주인은 생솔가지를 꺾어 불을 얼마나 두들겨 팼을까
벌떡이던 심장,
꼬리 끝까지 참 말끔하게도 죽였다

누가 목줄을 당기던 바람을 보았다 했나
타다 만 발자국이
아직
마른 숲 쪽을 향해 있다

극치

개미가 흙을 물어와
하루종일 둑방을 쌓는 것
금낭화 핀 마당가에 비스듬히 서보는 것
소가 제 자리의 띠풀을 모두 먹어
길게 몇번을 우는 것
작은 다락방에 쥐가 끓는 것
늙은 소나무 밑에
마른 솔잎이 층층 녹슨 머리핀처럼
노랗게 쌓여 있는 것
마당에 한 무리 잠자리떼가 몰려와
어디에 앉지도 않고 빙빙 바지랑대 주위를 도는 것
저녁 논물에 산이 들어와 앉는 것
늙은 어머니가 묵정밭에서 돌을 골라내는 것
어스름녘,
고갯마루에 오토바이를 세워놓고
우체부가 밭둑을 질러
우리 집 쪽으로
걸어오는 것

공전

자면서 그대가 나에게 다리를 올려놓는 시간 내가 이불
을 당겨 그대의
　배를 덮어주는 시간

아무것도 모른 채 쿨쿨 자는 시간

밤새 무거운 머리를 들고 있는 베개처럼, 읽다가 머리맡
에 엎어놓은 책처럼
　죽은 그대가 뜬눈으로 내 옆에 일년을 앉아 있는 시간

자다 말고 일어나 그대가 몇모금 목을 축이는 시간
　습관처럼 자는 척하는 시간

또 저물듯 시간이 몸을 지나가고
구들이 식고
그대 잠 속으로 다시 천천히 숨어드는 시간

문득 내 살던 집의 팽나무가 보고 싶은 시간 병든 아버지

의 이마를

　짚어주는 시간 산란을 위해 옴두꺼비가 느리게 국도를
건너는 시간

　내가 나를 물끄러미 내려다보는 시간 이유 없이 등 뒤를
돌아보게 되는 시간
　공기가 빙긋이 웃는 시간

　지구가 천천히 돌아가는 시간

망종(芒種)

당신을 땅에 묻고 와 내리 사흘 밤낮을 잤네
일어나 반나절을 울고
다시 또 사흘 밤낮을 잤네

하릴없이 마당을 쓸고
더덕밭을 매고
뒷목을 긁고
흙 묻은 손바닥을 일없이 들여다보다
또 손톱 하나를 뽑고

당신을 생각하는 이 계절은 붉거나 노랗거나
혹은 그 가운데쯤의
빛깔
업듯 새끼 사슴을 안고
꽃나무를 나서는 향기처럼 신발을 끌며
마을 입구까지 길게 걸어갔다 왔네

인중이 긴 하늘

선반엔 들기름 한 병

장작 목회

담장 옆에 가지런히 장작이 쌓여 있다
누가 추려놓은 자신의 마른 일대기인가

퉤, 손바닥에 침을 한번 뱉고는
벼린 도끼를 머리 위로 들어올려
힘껏 내려쳤을 것이다

어떤 나무토막은 단 한번에 쪼개지고
어떤 나무토막은 두번 세번 도끼질을 해도
갈라지지 않았을 터

번쩍 도끼날을 들어올렸을 머리 위로
황금 노을이 들고
해가 옹이처럼 박혀 있다

잠자리 몇마리가 말씀처럼
빈 소금막 위를 난다
서녘은 장작 몇개를 더 얻어와

붉게 산마루를 지피고

오늘은 저 민박집에 들러 하룻밤을 묵으리라
팔뚝 굵은 주인의 녹슨 도끼날에
등을 한번 찍혀보자

손등

울고 싶을 때 울고
떠나고 싶을 때 떠나라
어떤 미동(微動)으로 꽃은 피었느니
곡진하게
피었다 졌느니
꽃은 당신이 쥐고 있다 놓아버린 모든 것
울고 싶을 때 울고
떠나고 싶을 때 떠나라
마음이 불러
둥근 알뿌리를 인 채
듣는
저녁 빗소리

친정

낮이 가장 긴 날

돌로 눌러놓은 바람

세숫대야 속엔

붕어

네마리

수필

씨감자는 반을 잘라서 묻지
자른 곳에 검은 재를 발라서 묻지
그리고 잊어먹지

공들여 잊어먹지
이마를 짚어주고 가던 손을 잊지
옆의 흙을 가져와 묻어주던 시간을 아예 잊어먹지
아니, 아주 잊어먹지 않을 만큼만 잊어먹지
눈매에서 싹이 오르지
아주 잊어먹지 않을 만큼만 싹이 오르지, 꽃이 피지

잘려나간 반을 흙 속에서 생각하지
눈 감고 오래도록 생각하지
들키고 싶지 않을 만큼만 공들여 생각하지
그사이 반이 하나가 되지
공들여 하나가 되지

하나가 둘이 되고 셋이 되고

마음 가는 대로
열이 되지

끼니

1

병실에 누운 채 곡기를 끊으신 아버지가
그날 아침엔 밥을 가져오라고 하셨다
너무 반가워 나는 뛰어가
미음을 가져갔다
아버지는 아주 작은 소리로
그냥 밥을 가져오라고 하셨다
아주 천천히 오래오래
아버지는 밥을 드셨다
그리고 다음날 돌아가셨다

2

우리는 원래와 달리 난폭해진다
때로는 치사해진다
하찮고 사소한 것에 목숨을 걸기도 한다
가진 게 그것뿐이기 때문이다
그것이 전부이기 때문이다

한겨울, 서울역 지하도를 지나다가
한 노숙자가 자고 있던 동료를 흔들어 깨워
말하는 것을 들은 적이 있다
먹어둬!
이게 마지막일지 모르잖아

원두

원두를 넣고 물을 부어
커피를 내린다
기다려 커피 한 잔을 받아와 창가에 앉았다
꽃나무들이 물을 부어
꽃을 내린다
한 철 허공에 필터를 받쳐놓고
꽃차를 우려낸다
몇 차례 뜨거운 비가 꽃가지 사이를 왔다 갔나
올봄 당신은 저 나무에게서
몇 잔의 뜨겁고 진한 꽃차를 얻어 마셨나
어제는 먼지 이는 꽃나무 밑으로
외국인 노동자 몇명이 흰 이를 드러내고 웃으며 지나갔다
걸으면서 자꾸 자꾸 자꾸
입맞춤을 하던
달콤한 연인이 지나갔다
유치원생들이 줄지어 지나갔다
전동휠체어를 탄 뇌성마비 여자가
얼굴을 묘하게 일그러뜨리며

미끄러지듯 지나갔다
중년의 여자가 큰 개를 끌며,
끌려가며 지나갔다

어둠이 올 때

저녁 어스름 뒷산에 올랐다가
산뽕나무를 만났네
오글오글 검은 열매를 달고 있는 산뽕나무를 만났네
나는 산뽕나무에게 다가가
딸아이에게 주려 한 손 열매를 얻어오고
오는 동안 손바닥이 짙푸르게 물들고
살포시 쥔 마음이 물들고
딸아이는 나에게 묻겠지
아빠, 이게 뭐예요?
오디란다
오디?
그래 먹어봐, 먹어봐
붉던 입술은 검어져
우린 서로 손가락질하며 깔깔 웃겠지
혓바닥을 길게 빼
몰래 거울을 한번씩 보겠지
자꾸만 나 몰래 걸음은 빨라지고
어느새 딸아이의 배 속도 내 몸도

막 익은

검은 산뽕나무 열매의 물이

다 들어버리고

입술

추위가 하도 심해
말을 하면 그 말이 즉시 얼어붙어
이듬해 봄이 되어서야 들리게 된다는
방 안에 촛불을 켜두면
그 불도 얼어
겨우내 불 켜진 양초가 그대로인

오늘 내가 하는 말
당신은 들을 수 없습니다
흔들어 깨울 수도 없습니다
하루하루의 말들이 온통
성에 낀 방 안에 가득합니다

말은 얼음 속에 있습니다
아우성치나 더더욱 완강한 침묵
하루에도 몇번씩
밖에 나가 언 입을 헹구고
귀를 씻어놓지만

다시 봄을 날 리가 없으므로
지금의 말은 모두 영영 잊힐 것들입니다

어느 후생에
나는 나의 입술을
조용히 들춰볼 수 있을는지요?
지금 당신이 듣고 있는 말은 모두
검은 광목을 두른
내 과거의 것들입니다

저녁 밥상을 물린 뒤

저녁 밥상을 물린 뒤, 우리는 고요해졌다 형은 바닥에 눕고 누나는 벽에 기대었다 어머니는 다림질을 하며 중얼거렸다 간장 간을 맞출 때는 생계란을 띄워보면 안단다 가라앉으면 싱겁다는 거고 계란이 떠서 꼭 백원짜리 동전만큼 뵈면…… 아무도 대꾸하지 않았다 천천히 생계란처럼 떠오르는 시간이었다 개들마저 낯선 사람의 발소리에도 짖지 않았다 해가 하루하루 더 짧아지는구나 싸락눈 내리는 소리가 뒤란에서 들려왔다 누나는 이불을 당겨 발을 덮었다 밥을 먹은 지 얼마 지나지 않았는데 나는 입이 심심했다 문밖으로 어둠이 혼자서 성큼성큼 걸어오고 있었다

국립중앙도서관

허공에 매화가 왔다
그리고 산수유가 왔다
목련이 왔다

그것들은 어떤 표정도 없이
가만히 떠서
아래를 내려다보았다
고개를 쭈욱 빼고 내려다보았다

그저 말없이 내려다보기만 하다가
매화가 먼저 가고
목련이 가고
산수유가 갔다

하지(夏至)

까치가 짖고
고양이가 올려다보는 저녁이다

고양이는 이내
등뼈의 긴장을 푼다

너무 높다
너에게 가기에는

어린 사과나무엔
푸른 사과들이 다닥다닥 매달려 있다
어둠이 오고
사과나무의 까치가 가고
사과의 둘레가 가고
고양이가 사라진다

다 추억이다
이렇게 너랑 둘이 마주 앉아서

말을 하는 것도
밥을 먹는 것도

어둠에 묻힌
사과나무의 지붕에서
오금 저린
고양이 울음소리가 들린다

꼬리는 개를 흔들고

버림받은 후에도 여전히 같은 자리에서
주인을 기다리는 개야

주인은 어디에 있는가
있기는 한 것인가

빨랫줄에서 한 바구니 마른빨래를 담아와 개면서
하염없이 저렇게 누군가를 기다리다보면
내가 기다리는 사람도 분명 저 길을 따라 올 것 같은
밑도 끝도 없는 생각
항상 먼저 너를 버린 건 나,
모든 과오는 네가 아닌 나에게서
비롯되었다는 생각

개는 여전히 흰 목수국 옆
쨍쨍 해가 내리는 길 한복판을 지킨 채
앉아 있고

수국이 수국의 시간과 대적하지 않듯
누가 불러도 짖거나 꼬리 치지 않는,
진짜 자신으로부터 멀어지고 있는 것이 무엇인지
뚫어지게 쳐다보면서
지독한 기억 속으로
느릿느릿 오는 허기 속으로

끝끝내 버림받았다는 것을 믿지 않는
개야

독경

저 꽃이 모두 져내리면 오리라
벌과 나비를 물리고
향기를 물리고
들뜬 마음을 추슬러 나뭇가지에 가만히 푸른 잎을 매달
때쯤 오리라
긴 날을 지나 더 아득한 허공을 골라
아픈 몸으로 오리라

우리에게 가장 아름다운 날은 아직 오지 않았다
이 저녁 나무는 꽃 위에
짙은 노을을 풀어 새로 기왓장을 굽고
흙을 이겨 붉은 지붕을 엮는다

마침내 기다렸던 이가 온다
잎에 가려진 가지 사이를 거닐며
잘 익은 과실을 따
입에 가져갈 때면
그게 꽃이었다고 말할 겨를도 없이

나뭇가지는 흔들리고
잎들은 한꺼번에 무너져내린다

꽃이 빨리 졌으면,
벌과 나비를, 향기를 물렸으면,
꽃을 뭉개며
나무 한그루가 환한 면벽을 풀고
엎드린 집들을 망연히 바라보며 서 있다가
어둠 속으로 간다

한적한 흙

군자란 화분에 꽃대가 올라왔다
작년에도, 재작년에도 기다렸지만 꽃은 오지 않았다
잠깐 왔다 가는 게 그리도 힘드나
나는 영문도 모른 채
중얼거리고

꽃이 와 머무는 동안은
고작 보름 남짓
좁다란 화관을 쓰고 당신은 발목 없이도
기일(忌日)까지 거닐 터이니

저 마른 흙 위에
무얼 쥐여 들려 보내야 하나
출렁출렁 물 한 바가지 앞섶을 적시며 들고 와
흙 위에 서너번
나누어 부어주고 돌아서는

뿌리 젖은,

이승의 저녁

마흔

아내가 고구마를 삶아놓고
나갔다
젓가락으로 여러번 찔러본 흔적이 있다
나도 너를 저렇게 찔러본 적이 있지
잘 익었나, 몇번이고
깊숙이 찔러본 적이 있지
뜨거워
손을 바꿔 잡다가
괜한 내 귓불을 잡은 적이 있지
후후, 베어물고
입속에서 여러번 굴려본 적이 있지
벗겨 먹은 적이 있지
목이 메어 가슴을 두드리고
벌컥벌컥, 찬물을 들이켜고는
망연자실
내려다본 적이 있지

회감(回感)

술을 담그고
담근 날짜를 병에 적어놓았다

나의 사랑도
그러했다

한 빛깔이 지나가고
다시 그 뒤를 다른 빛깔이 지나면서
또렷해지는
자취

제2부

구례 산동

서둘러 가는 것들은
얼마나 망설이다 떠나는가
꽃은 노랗고
열매는 붉은 빛
걸음이 처져
걸음이 처져
뻐꾹새 운다
고욤나무 가지에 앉아
꽃이, 꽃이 핀 풍경을 돌아다보았다

꽃이 안 보일 때까지

독서

하늘에서 책을 빌릴 수 있습니다 나무에게서 책을 빌릴
수 있습니다 새는 날아가고, 날개와 찬비를 머금은 이른 저
녁에게서 책을 빌릴 수 있습니다

귀뚜라미에게서 책을 빌릴 수 있습니다 저녁엔 딸애의
머리를 감겨주고 빗겨주었습니다 흰 가르마 옆에 핀을 꽂
아주었습니다 정수리 쪽으로 작은 오솔길이 나 있어 그 길
을 다 걸어가보았습니다 둥근 애기무덤이 있었습니다

애기무덤에게서도 책을 빌릴 수 있습니다 빌린 책의 서
문을 읽다 말고 애기무덤에게로 가는 저녁 빗소리를 듣습
니다 철새와 이른 저녁과 오솔길, 나무빗, 애기무덤이 있는
이 방이 있어 행복합니다 쓸쓸합니다 머리맡에 두고 읽는
책들입니다 돌무더기에서 젖은 돌을 골라 책장을 눌러놓고
깜박 잠이 들었습니다 빗소리에 깨어 돌을 치우고 다시 애
기무덤을 꺼내 읽습니다

모란꽃 그림

모란꽃 그림이 걸려 있는 옛집에 와 눕네
잠은 오는데, 잠은 안 오고

그만 자자
안방에서 들려오던 목소리

그만 자자

모란꽃 큰 잠 속으로
날 데려가던,
발끝까지 눈꺼풀을 사르르 내려주던
그 낮고 푹신한

이젠 만나 볼을 부빌 수 없는 겹잎의
그곳, 그 시간
모든 것들의 저녁

그만 자자

뱉은 침을 얼굴에 맞고
오늘은 누가 목소리 없는 이 방에
큰 모란꽃의
목소리를 줄 것인가

흰죽

무엇을 먹는다는 것이 감격스러울 때는
비싼 정찬을 먹을 때가 아니라
그냥 흰죽 한 그릇을 먹을 때

말갛게 밥물이 퍼진,
간장 한 종지를 곁들여 내온
흰죽 한 그릇

늙은 어머니가 흰쌀을 참기름에 달달 볶다가
물을 부어 끓이는
가스레인지 앞에 오래 서서
조금씩 조금씩
물을 부어 저어주고
다시 끓어오르면 물을 부어주는,
좀더 퍼지게 할까
쌀알이 투명해졌으니 이제 그만 불을 끌까
오직 그런 생각만 하면서
죽만 내려다보며

죽만 생각하며 끓인

호로록,
숟가락 끝으로 간장을 떠 죽 위에 쓰윽,
그림을 그리며 먹는

호미

팔다리가 쑤시고 저녁엔 비가 왔다
몸이 먼저 징후를 읽었다
허리를 짚고 일어나 앉아 어둑해질 때까지
뒤창으로 쏟아지는
빗줄기를 봤다

청무 밭에 앉아
머릿수건을 쓴 어머니는 호미를 내려놓고
후두둑, 혼잣말처럼 이런 말을 했지
소가 바람을 등지고 울면 큰비가 온다
봐라,
제비가 아슬아슬 땅 가까이로 날지 않냐
승수네 굴뚝 연기가
자꾸만 옆으로 돌아눕는구나

큰물은 대체 어디서 오는 걸까
어머니는 왜, 내 몸에 눈물 많은 소를 매놓았을까
옷소매가 젖도록

훌쩍훌쩍, 매운 연기를 훔치던
슬픈 굴뚝을 박아놓았을까

찔레나무

한낮의 대중탕,
중년 사내가 물바가지로 중요 부위를 덮어놓고
잠들어 있다

저 엎어놓은 물바가지 속에는
새가 한마리 있다
뱀이 한마리 있다
급히 볼일을 보고
덮어놓은 똥이 한 무더기 있다

한 소절의 노래와
한 다발의 꽃이 있다

그런데 왜 하필
찔레나무 가지 위란 말인가

수국

비가 와 수국(水菊) 향은 더 짙어지고
그 향이 당신에게 다녀가는 동안
수국은 고스란히 비어 있지
에돌고 에돌아 당신에게 가는
거리만큼

수국은 비어 있지
해 질 무렵, 나는 텅 빈 당신을 생각해보고
물종지 같은 당신을
오래오래 생각해보고

주머니 속
쥐고 있던 마른손을 꺼내어
젖은 허공에 펴보는 꽃이여
아, 수국은 참으로 멀리도 다녀갔지
지그시 문을 들어
열고
닫고

물금

수문 벽에 물금 몇개 그어져 있다

물은 저 벽에 철썩철썩
주먹을 내지르고 깨진 주먹으로
수면을 붉게 물들이곤 했을 것이다
흔들리고 부딪치다 되돌아간 자리
찰랑찰랑 목 끝까지 숨이 차올랐던

미세하게 달라진 숨결
지금은 물오리가 떠 있는,
암컷 잠자리가 꼬리를 담그고 힘겹게 산란하는 자리

영영 떠오르지 않기를 바라며
돌멩이를 매달아 가라앉힌 물의 자루들
바닥까지 내려갔다가
거듭 물을 재우며 차오른 수위

부레와 지느러미

그 아래

층층 희미한 물금들

소가 여물을 거의 다 먹어갈 무렵

뜻밖입니다
당신이 오신 것은

곧 날이 천천히 풀린다지요
올겨울엔 냇가 물이 얼마나 깊게 얼었던지
계곡이 온통 흰빛입니다
툇마루에 앉아 해바라기하는 저 어르신은
뇌졸중을 앓은 뒤 말하는 게 어눌해졌습니다

비탈을 오른 지가 한참인데도
당신은 여전히
그 자리입니다
마음이 성한데 어찌 그만두겠습니까
사랑합니다
그만 쉬어도 좋으련만 그만둘 생각이 없습니다
사랑합니다

가시려구요?

시간이 이렇게 되어버렸군요
아쉬움이 쉬이 가시지 않습니다
괜스레 미안해집니다
또 뒤늦게
오도 가도 못하는 저녁처럼
구박에 담긴 내 이른 다짐이
오래오래 궁금합니다

통정

아버지가 돌아가시고
형님 댁으로 거처를 옮긴 어머니는
석달 만에 고향집에 들어서자마자 통곡을 하셨다
안방에 들어가더니
찬 방바닥을 만지며
꺼이꺼이 우셨다

가만히 문을 닫아드렸다
모두들 일부러 다른 곳을 보며
한동안 안마당에 서 있었다
방에 들어가려 하자
손사래를 치며
더 우시게 내버려두라고 했다
아직 일이 다 끝나지 않았다고 했다

굶주렸던 집이
어머니의 울음소리를 달게 범하고 있었다
조금씩

울음소리가 잦아들고
어머니가 발그레한 얼굴로
안방에서 나오셨다

방언

새는 나무 속에 있지요
꽃은 돌 속에 있구요

물 한모금 먹고 와 울지요
물 한모금 먹고 와 피지요

낮은 소리로 울지요
낮은 소리로 피지요

아이는 돌 속에 앉아
나무 위에 앉아
새를 그려달라, 꽃을 꺾어달라
보채고

새야, 꽃아
네가 어찌하여 여기 있느냐
걷잡을 수 없는 맘 하나가 움직여
눈이 부어

울지요

목이 아파 피지요

모래

봄녘,
보도블록을 새로 깐 자리에
인부들이 모래를
흩뿌려놓았다

틈을 메운다는 것은 저런 것일까

그냥 가만히
흩뿌려놓고
가는
비

물배

당신의 콧가에
손등을 대보았지
때죽나무꽃이 흰 방석을 깔고 물 위에 떠 있었지
고개를 숙이고 귀를 대보았지
커다란 물배를 타고 졸졸
어딘가로 가고 있었지

천천히 왔다 가는 완만한 거리
나루처럼 서 있는
때죽나무의 입구
물 위에서 핑그르르 원을 한번 그리고
이끼 낀 돌 틈 어디론가
바삐 가고 있었지

물 위에 떠가는 눈자위,
흰 때죽나무꽃

천장

나는 저 위층의
쿵쾅거리는 발소리가 누구인지 안다
가만히 천장을 올려다보니
흰 발바닥이 보인다

내가 딛고 사는 이 바닥의
아래층에도
나를 잘 알고 있는 누군가 살고 있어
가만히 위를 올려다보며
쿵쾅거리는 나를 떠올릴까

거참, 조용히 합시다

문득, 황급히 어딘가를 뛰어가다가도
발걸음을 죽이게 되는

내가 딛고 서 있는
이 바닥 밑의 누군가가

물끄러미 천장을 올려다보는
평평한 저녁에

오늘 한 일이라곤 그저 빗속에 군자란 화분을 내놓은 것이 전부

비가 좋이 온다
13층 베란다에 놓여 있던 군자란 화분 두개를 끙끙 옮겨
1층 화단 앞에 내다놓았다

하루종일 밖에 나가지 않았다
거실에서 꾸벅꾸벅 졸았다
몸이 나른하고 쑤셨다
비가 오신다고,
봄이 오신다고 중얼거려보았다

저녁까지 비가 그치지 않았다
엘리베이터를 타지 않고
1층까지 일부러 한 발 한 발 걸어 내려가보았다
아침녘 내놓은 군자란 두 분(盆)이 빗속에 젖어 있었다
뿌리까지 젖어 있었다

더 무거워진 화분을 옮겨
다시 1층에서 13층을 오르면서

이곳은 물관이라고,

물이 오른다고 또 중얼거려보았다

생장

보름 만에 화분에 물을 주었다
이제 우리 집의 화초들은 안다, 나의 무관심을
그리하여 얼마나 물을 아껴 먹어야 하는지
몸속에 얼마 동안
고스란히 물을 저장하고 있어야 하는지를

지난달엔 봄비가 시원스레 내려
저녁나절 화분 두개를 현관 앞에 내놓았다
빗물을 받아먹은 화초들은
노랗게 말라 죽기 시작했다
잠깐 방심했던 탓이리라

이제 우리 집의 화초들은 잘 안다
비 오는 날, 주인이
끙끙 무겁게 항아리를 들어
문밖에 자신들을 내놓는 것은 죽이려는 것임을
어떤 화분도 쉽게 갈증을 풀지 않는다
마음을 받아주지 않는다

속꽃을 피워내지도 순을 올리지도
뿌리를 뻗지도 않는다
한때 자신들이 나에게 제라늄이었고
군자란이었고
루드베키아였다는 것을
전혀 주장하지 않는다
아예, 기억조차 하고 싶어하지 않는다

벽돌 한장

변기 물통에 벽돌 한장을 넣어두었다

네 안에도 몰래
벽돌 한장 넣어두고 싶다
내 심장 같은

물을 내리고
다시 새 물이 차오를 때
고여 있던 물이 어느 저녁으로 급히 빠져나갈 때

벽돌 한장의 부피만큼
더 빨리
네 숨이 나를 향해
차오른다

그늘

큰누나가 시골집에 늙은 부모 둘만 사는 것이 보기에 적적했는지 기르던 강아지를 차에 싣고 왔다 몇달을 어르고 달래도 눈이 오목한 강아지는 제 머리를 주지 않아 늙은 부모는 보송보송한 머리통 한번 쓰다듬지 못했다 그러던 어느날 어머니가 문간 옆에 쭈그리고 앉아 냉이를 다듬는데 가랑이 사이로 강아지가 쑥, 기어들어오더라 에그머니나, 어머니 가슴이 미어지더라 데려온 아이가 처음으로 엄마, 하고 부르는 그 소리가 들렸다 한다 식구가 되기 위한 꼭 그만큼의 여물어진 시간과 눈짓, 오늘도 제 마음 다 준 강아지는 배를 걷어차여도 어머니의 꽁무니를 졸졸 따라다닌다

오지

하루 한번 가는 버스를 탔다
산언덕을 넘자
거짓말처럼 마을이 있었다
굴피나무집 부엌엔
송아지가 살고
장정들은 소 대신 쟁기를 끌며
산비탈 약초밭을 일구고 있었다
아무것도 할 수 없을 때는
아무것도 하지 말자고 중얼거렸다
골풀이 수북한 경사지 아래
흑염소 울음소리가
검었다
밤이 되자 산 하나가 죽고
굴피나무집에
등잔이 켜졌다

감꽃

딸아이가 마당 한구석
감나무 밑에
모락모락 한 무더기 가래똥을 싸놓고
밑을 닦아달라
아빠를 부른다
휴지를 몇 토막 끊어가
하늘로 추켜올린
밑을 닦는데,
휴지에 똥이 묻어나지 않는다
다시 밑끔을 훑어도
그 바닥이 깨끗하다
뒤끝 좋다는 것이 이런 거다
고스란히 문을 열었다 닫았다
얼굴 붉힐 필요도 없다
맺고 끊는 것이다
똑, 한 가지에서 한 꼭지가
절로 떨어졌다

마중

형이 다시 저 길로 살아서 왔으면 좋겠다
작년에 돌아가신 아버지가
다시 저 길로 살아서 왔으면 좋겠다
죽은 아들을 살려 떠메고
함께 웃으면서 왔으면 좋겠다
봐라 아버지란 자고로 이런 거다, 너털웃음에 큰소리를
치며
시끄럽게 왔으면 좋겠다

올해도 어김없이 꽃들은 다시 살아서 온다
달큰한 아버지의 술냄새처럼
꽃들은 온다
비틀비틀 온다
산 절로 물 절로, 흥얼흥얼 고래고래
노래를 부르며 온다

대문 앞 전등불을 밝혀놓고
길 따라 가다보면

멀리 위태롭게 저 혼자 걸어오는 꽃
힘주어 부축하지 않으면 당장이라도 쓰러질
어깨 걸고 간신히 대문을 밀고 들어서면
놔라 이놈아!
호기를 부리다가 신발도 못 벗고
주저앉던 꽃
저녁밥도 잊은 채
자리끼 한 대접 머리맡에 놓고
잠이 들어버린 꽃

단풍을 말하기 전

단풍이 들면 마을이 더 아름다울 테니 때맞춰 찾아오라
고 당신은

말했습니다

나는 단풍이 언제 드는지를 알지 못합니다

길섶의 잎들은 여전히 푸르렀으나 손으로 만져보니 말라
있었습니다

이 푸르나 말라 있는 잎도 단풍입니까

단풍은 어디를 거쳐 오는 물기 없고 거칠어진 손님입니까

멀리 산 밑으로 살을 다 발라내고 뼈만 남은 한 사람이
걸어옵니다

문득 인간이 걸으면서 골똘히 생각하는 것과 직립보행과
툭툭, 중력이 따가는 늙은 상수리나무의 잎들에 대해 생각
해봅니다

느린 만큼 보이는 숲과 잎들, 발자국을 따라 오는 어린 남
루(襤褸)를 생각해봅니다

이제 나에게 남겨진 것은 당신과 함께 그린 그림꽃 몇점
과 바람뿐입니다.

이것도 단풍이 될 수 있습니까

태어나기 전에 나는 무엇이었습니까

비춰보지 않고서는 귀와 입과 코를 보지 못하는 눈과 같이 나는 영원히

단풍을 보지 못합니다

시들어야 다시 태어나고 저물어야 비로소 타오르는 날처럼 해는 저물어가고,

가을이 가는 것을 아는지 모르는지 나는 늦가을 바람 앞에 서서

온통 붉은 단풍의,

당신이 사는 마을의 오랜 지명(地名)을 불러보았습니다

제3부

통증

중국에는 편지를 천천히 전해주는
느림보 우체국이 있다지요
보내는 사람이 편지 도착 날짜를 정할 수 있다지요
한달 혹은 일년 아니면
몇십년 뒤일 수도 있다지요
당신에게 편지 한통을 보냅니다
도착 날짜는 그저 먼 훗날
당신에게 내 마음이
천천히 전해지길 원합니다
당신에게 내 마음이 천천히 전해지는 걸
오랫동안 지켜보길 원합니다
봄 여름 가을 겨울
수십번 수백번의 후회가 나에게 왔다 가고
어느날 당신은
내가 쓴 편지 한통을 받겠지요
겉봉을 뜯고 접은 편지지를 꺼내 펼쳐 읽겠지요
그때 나는 지워진 어깨 너머
당신 뒤에 노을처럼 서서 함께

편지를 읽겠습니다

편지가 걸어간 그 느린 걸음으로

내내 당신에게 걸어가

당신이 편지를 읽어 내려가며 한 홉 한 홉

차올랐던 숨을 몰아 내쉬며 손을 내려놓을 즈음

편지 대신 그 앞에

내가 서 있겠습니다

반음계

새소리가 높다

당신이 그리운 오후,
꾸다 만 꿈처럼 홀로 남겨진 오후가 아득하다
잊는 것도 사랑일까

잡은 두뼘 가물치를 돌려보낸다
당신이 구름이 되었다는 소식
몇 짐이나 될까
물비린내 나는 저 구름의 눈시울은

바람을 타고 오는 수동밭 끝물 참외 향기가
안쓰럽다

하늘에서 우수수 새가 떨어진다

저녁이 온다
울어야겠다

새

뒷산 산책길에 베어진 나무 한그루가 있어 딸아이와 함께 그 앞에 앉아 나이테를 헤아린다 나이를 먹는다는 것은 이렇게 어린 딸과 함께 잘린 나무의 나이테를 헤아리는 것 그 안의 새를 꺼내오는 것 몇살 먹었니? 대답 대신 자꾸 말 시키면 헷갈린다며 어린 딸이 아빠에게 타박을 놓는 것 헤아린 나이를 잊어먹지 않기 위해 한 금 한 금 손으로 짚어 가는 것 긴 세월을 다 헤아릴 동안 그저 잠자코 서 있는 것 그사이 잘려 없어진 내 몸 어느 곳이 자꾸만 가려운 것 여기서 살아라! 나무의 텅 빈 방에 들어가보는 것 이 몸을 부른 것이 너인가 싶어 지나던 솔바람과 높다란 둥지를 떠올려보는 것 천천히 톱이 지나가는 내 몸속, 어린 딸의 몸속에 짙고 둥근 테가 둘러지는 것

간장

간장 달이는 냄새가 배어 있는 밤입니다
누가 컴컴한 독에서
담가뒀던 메주를 건져냅니다
붉은 고추와 숯을 건져냅니다

어둠을 밀어내며
아궁이 앞에 홀로 앉은 이는
누구입니까
끓는 거품을 걷어내는 이는 누구입니까
베 보자기에 간장을 걸러내는 이는
누구입니까

간장에 살짝 새끼손가락을 담갔다가
빨아 먹어봅니다
두번 세번 빨아 먹어도 간장은 짜고 씁니다
달여 식힌 간장을 다시
새 독에 붓습니다

간장 빛은 아직 간장 빛이 아닙니다
그 빛깔만큼 어둠도
아직 온전한 어둠이 아닙니다
어둠이 어느 가장자리에서부터 어둠이 될 때,
간장은 어떤 안간힘으로
칠흑의 어둠을 다 긁어모아
비로소 잘 익은
한 독의 간장입니다

질감

어제의 그 볕이 오늘도
거실 한복판에 보자기만하게 앉아 있다

이 시간만 되면
어김없이 찾아오는

그 앞에 무릎을 세워
가만히 앉는다

가난한 나에게 무얼 달라는 건지
주겠다는 건지
해주고 들을 말이 있다는 건지
어제는 눈먼 아내를 데려오더니
오늘은 어린 새끼를 데리고 와 시무룩 앉아 있다
방금 핀 매화 한 가지를 꺾어와
땀이 배도록
손에 꼭 쥐고 있다

곧 아무 말 없이 일어나
천천히 돌아가는
어떤 질감

도마도

어릴 적 나는 토마토를 도마도라고 불렀네
도마도, 도마도
거꾸로 읽어도 도마도
바로 읽어도 도마도
도마도는 왠지 조금 덜 익은 토마토 같은
햇살이 알맞게 꽉 찬,
설탕에 재워 먹어야 제맛인

설탕에 재워둔 오후의 도마도는
다 먹은 다음에 마시는 국물이
참말 맛있었지
토마토는 아마 죽었다 깨어도
그런 맛이 아닐 거야
연붉은 살 속 초록빛이 나는
말캉한 알갱이의 도마도씨도 참말 맛있었지
토마토씨는 아마 그런 맛이 아닐 거야
나는 지금도 토마토를
도마도라 부르네

올해도 도마도는 태어나는 순간부터
도마도가 되기 위해 자랄 테고
도마도를 알게 해주고 싶은 어린 두 딸도
나를 따라 토마토를
도마도라 부르네

꽃 조문

울음소리가 들렸다
모든 꽃은 한때
문밖에 걸어놓은 조등(弔燈)이었으니
죽은 남자가 누워 있고 울고 있는 여자가 있다

어린 상주가 돌아앉아
늦은 저녁을 먹고 있다
또 어두워져
꽃등이 환하게 켜지고

우는 것은 부르는 것일까
이 봄 누군가는
종일 강가에 앉아 있으려 다시 태어나고
낙조를 만나기 위해 누군가는
앉은 자리를 말없이 떠난다

꽃이 지면 나무는 어디로 가야 하나
어두워

가장 높은 가지에 걸린
조등 하나를 내려 꽃나무를 나선다

꽃들이 진다

동행

길가 돌멩이 하나를 골라
발로 차면서 왔다
저만치 차놓고 다가가 다시 멀리 차면서 왔다
먼 길을 한달음에 왔다
집에 당도하여
대문을 밀고 들어가려니
그 돌멩이
모난 눈으로
나를 멀끔히 쳐다본다
영문도 모른 채 내 발에 차여
끌려온 돌멩이 하나
책임 못 질 돌멩이를
집 앞까지 데려왔다

비의 성분

비가 막 그친 뒤,
멀리 물 건너 산자락에 구름이 덮여 있다

어디선가 뻐꾹새 한마리
울음소리를 보탠다
유난히 울음소리가 잘 들렸다

물 고인 돌확

길 끝, 물 건너로 가는
배 한척이 묶여 있다

호반에는 개여뀌가 젖어
꽃밭을 이루고
물속엔 수몰된 마을이 보인다
아가미를 가진
사람들도 보인다

붉은 이불

너와 한이불을 덮고
당겨 턱까지 한이불을 덮고

이불 속에선
너와 내가 입고 있는지
벗고 있는지 아무도 모르고
너의 손이 나의 어디에 있는지 아무도 모르고
나의 발이 너의 어디에 있는지 아무도 모르고
누가 남자고 누가 여자인지 아무도 모르고
누가 술래고 누가 숨었는지 아무도 모르고
숨고 찾고

들썩들썩
춥고 덥고
끌어당기고 차내고
가끔 이불 밖으로
웃음소리가 나왔다가 사라지고
울음소리가 나왔다가 사라지고

속살이,

흰 발이, 검은 손이 나왔다가 사라지고

민물

민물이라는 말은 어디에서 왔을까
약간 미지근한
물살이 세지 않은
입이 둥근 물고기가 모여 사는

어탕집 평상 위에
할머니 넷이 나앉아 소리나게 웃는다
어디서 오는 걸까, 저 민물의 웃음은
꼬박 육칠십년,
합치면 이백년을 족히 넘게
이 강여울에 살았을 법한

강 건너 호두나무 숲이 바람에 일렁인다
긴 지느러미의
물풀처럼

어탕이 끓는 동안
깜박 잠이 든 세살 딸애가

자면서 웃는다

오후의 볕이 기우는 사이,

어디를 갔다 오느냐

이제 막 민물의 마음이 생기기 시작한

아가미의 아이야

사슴공원에서

공원을 한바퀴 도는 동안
계절이 바뀌었다
어디까지가 여름이고 어디부터가 가을일까
누가 벗어놓은 신발을 돌려놓았다
오늘 나는 아주 먼 곳에 있다
그리고 당신의 얼굴은
침엽수처럼 무표정하다
젊은 어느날의 책 속처럼 지금도
사슴공원 어딘가에선
사랑이 생기고 비가 내리고
멀리 빈 들판엔 철새가 돌아온다
누가 구름을 사라지게 하고
비를 멈추게 할 수 있나
투명 비닐봉지에 금붕어를 담아 들고
한 소년이 급히 어딘가로
달려간다
공원에 잇닿아 있는 장례식장 마당에서
어느 가족이 늦은 상복을 갈아입고 있다

사슴 울음소리*를 들으며
나도 서둘러 당신에게 가야 한다
사랑이 식기 전에
밥이 식기 전에

* 녹명(鹿鳴): 먹이를 발견한 사슴이 배고픈 다른 사슴을 부르기
위해 내는 울음소리.

빌려 울다

바위는 어떻게 우는가
자귀나무는
배롱꽃은

불볕에 달구어진 너럭바위가
소나기를 만나 벌컥벌컥 물을 들이켜고 있었다

어젯밤에는 잠든 사이
양철지붕을 빌려
비가 한참을 울다 갔다
애가 울면 아내는
자다가도 벌떡 일어나 젖을 꺼낸다

나는 여태껏
매미가 우는 줄 알았다
나무가 매미의 몸을 빌려 울고 있었다
울음이 다하면
얼른 다른 나무 그늘에 붙어

대신 또 몸으로
울어주고 있었다

물웅덩이

비가 오고 난 후
길 한복판에 물웅덩이가 생겼다

잠시 쉬는 햇살이, 구름이
회화나무 그림자가 얼비쳤다
어제와 오늘이 괄시 없이 하나로 고여 있었다

한 종지씩 물을 얻어먹은 비둘기들이
소나기 떼처럼
힘껏 박수치며 날아올랐다
신전(神殿)이 멀지 않은 곳이었다

들판에는 말모자를 쓴 사람들이 서 있었다
너울대는 사내의 얼굴이
물웅덩이에 보였다 사라졌다

큰 귀를 가진 사내는 훌쩍,
물웅덩이를 뛰어넘었다

눈물소금

노을이 염전에 담긴 물을
붉게 물들이고 있다
나무그늘 안쪽으로
태양이 기울며 햇살을 밀어넣는다

눈 밝은 그대여!
화첩을 넘기며
당신은
먹황새처럼 서 있다

몸이 야위었다
짜다
밑간을 보듯
두어뼘 띠 이삭이 눕는다
나는 도무지 사랑을 모른다
치맛자락을 말아쥔 묵묵한 손바닥에서
소금가루가
쏟아진다

그림자

개에 붙어 있는 그림자가
사람에게 붙어 있는 그림자를 향해 짖는다

소에 붙어 있는 그림자를 몰고
사람에게 붙어 있는 그림자가
집으로 간다

미루나무 그림자가 바람에 흔들린다
소에 붙어 있는 그림자와
사람에게 붙어 있는 그림자가
미루나무 그림자 속으로 사라졌다
나타난다

낮은 함석집 그림자 속으로
소와 사람의 그림자가 들어간다

점점 길어진다, 그림자가
그림자의 등을 밟고 그림자가 지나간다

그림자가 그림자 속으로
사라진다

그림자가
그림자를 죽인다
그림자가 그림자를 위로한다

잔상

가시연꽃 위에
누가 아기를 재워놓았나

연잎은 둥글게 몸을 펴 물 위에 떠 있네

저 웃음을 내 얼굴에 옮겨오려
내려다보고
또 내려다보고

강보에 싸여
한나절 아기는 가시연꽃 위에

어린 송사리떼,
송사리떼

엄마는 물동이를 버려두고 어디 갔을까
돌 하나를 업고

못가에 앉아 나는
웃자란 풀을 베다 말고 낫을 쥔 채 졸고

아기는 이제 막 깨이
자지러지듯

가을장마

늦잠을 자고 일어나니
비 온다

풀을 벨까 하다가 우의를 입고
돌을 주워와 파인 길을 메웠다
나는 돌 줍는 전문가이다
종일 돌 고르는 일을
혼자서 했다

감나무에 다시 이끼가 오른다
마당에 젖은 닭과 개가 있다
걸레를 빨아 방과 마루를 훔치고
아궁이엔 불을 집어넣었다

저녁에 하늘이 개었다
북두칠성의 자루가 유(酉)에 있으면
가을장마가 든다
유는 서쪽이다

잠을 자러 닭이 횃대에 오른다
개처럼 우두커니 마당 한가운데 서서
서쪽을 올려다보았다

피 묻은 손으로

살구를 줍는다
흔드는 이 없는 나무 밑에
살구는 떨어져 있고
노란 살구는 떨어져 있고

살구는 어디에서 왔나
단단한 씨앗을 품고, 기미가 박힌 얼굴로
곱고 환한 꽃들을 버리고

살구는 한동안 공중에 살다
바닥에 내려와 있고
한 겹 두꺼운 과육을 꺼입은 채
내려와 있고

후둑, 살구는 또 발치에 떨어지고
피 묻은 손으로 나는 주섬주섬
살구를 줍고
양 호주머니 불룩하게 살구를 줍고

물고 있던 씨앗을 뒈,
멀리 검은 풀숲에 뱉고

문장

다른 곳을 마다하고
저 소나무는 왜 벼랑 끝에 서 있을까

뿌리 절반을 아예
허공에 박아두고 있다

절벽으로부터
한 걸음 더
절벽,
가지 위에 커다란 둥지가 걸려 있다

저곳에 사는 낭떠러지 새는
격랑의 허공에
두근거리는 나무의 오랜
심장을 올려놓고

누구도 꺼내가지 못할 알을
추락하면서 낳는다

형상과 전형

윤성학

아침에 보던 그 맑은 햇살과 당신의 고웁던 참사랑이
푸른 나뭇가지 사이사이로 스며들던 날이 언제일까(…)
마음 깊은 곳에 간직해놓고 말은 한마디도 못한 것은
당신의 그 모습이 깨어질까봐 슬픈 눈동자로 바라만 보았소
(…) 낙엽이 지고 또 눈이 쌓이면 아름답던 사랑 돌아오리라
언제 보아도 변함없는 나의 고운 사랑 그대로를
—— '해바라기'의 노래 「마음 깊은 곳에 그대로를」 중에서

형,

과거의 한 순간으로 되돌아갈 수 있다면 언제로 가고 싶
을까, 나는 이따금 생각해본다. 얼마 전 호소다 마모루 감독
이 만든 애니메이션 영화 「시간을 달리는 소녀」를 보다가
스물한살 적의 하루를 떠올렸다.

그날 그 자리, 오월의 어느 더웠던 날, 스물세살의 형이 살던 집 마당. 그날 테니스를 쳤던가 우린? 마당 수돗가에 와서 번갈아 서로의 등에 물을 끼얹어주고 엎드려뻗쳐를 한 자세에서 한 손으로는 얼굴에 쏟아져내리는 물을 푸룹 푸룹 닦아냈겠지. 목물을 하고 우리 둘은 웃통을 벗은 채 마루 끝에 앉아서 쨍그랑 깨질 것 같던 오월의 하늘을 바라보았지. 마당가엔 맨드라미가 피어 있었다. 체온과 기온이 서로를 간섭하지 않아서 내가 있는 것인지 없는 것인지 잊은 채 아무 말 없이 먼 곳을 오래도록 바라보았다. 그때의 나는 지금의 나를, 지금의 형은 그때의 형을 알고 있었을까. 오늘 우리의 모습이 이러할 것을 그때의 우리는 짐작했을까. 지난날의 어느 한 순간으로 되돌아갈 수 있다면 난 그날의 그 마루 끝에 앉아서 환하게 소멸되고 싶다는 생각을 할 때가 있다. 형이 잘 부르던, 그래서 같이 자주 불렀던 해바라기의 노래를 부르면서 말이지.

발, 콩 반도 유혈사태

고영민은 나의 스무살 적 친구이자 형입니다. 학력고사 삼수를 하고 들어와서, 고3에서 곧장 입학한 나보다 세살이 많은 같은 학과 동기생입니다. 1학년 2학기 시절에 한숨 돌

리며 대학이란 무엇인가를 고민하려던 차에 학교 근처 같은 동네에 살게 된 우리가 여태 붙어다니고 있으니 그 세월이 20년이 넘었군요.

최근에 고영민을 만난 사람들은 그를 점잖고 예의바른 사람으로 생각하기도 하는 모양인데, 천만의 말씀. 여학생을 제외하고 문창과 동기들 중에 고영민한테 얻어터진 적이 없는 사람은 겨우 한둘에 불과할 겁니다. 김종렬(아동문학가), 백정승(소설가), 김종광(소설가) 등도 다 그의 주먹이 스쳐간 인사들이죠. 그보다 나이가 한참 많았던 기영이형 정도가 무사했을 뿐. 그러면서 그는 "야, 근데 원펀치로 붙으니까 안영민(동기) 이 자식 주먹이 얼마나 아프던지…… 눈물이 찔끔 나더라" 하며 너스레를 떨기도 했죠. 나도 그 주먹을 피해가지는 못했습니다. 아니, 주먹은 피했는데 발차기에 걸리고 말았던 것이었습니다.

때는 바야흐로 병장 제대하고 3학년으로 복학한 1995년 초봄. 그날 몇 차례 술집 기행을 끝내고 마지막으로 도착한 곳은 '한우리'라는 술집이었습니다. 선후배들이 모여 시끌벅적한 틈에서 다투는 소리가 들렸으니 아니나 다를까, 고영민이 선배(나이는 동갑이었음)와 말다툼을 벌이고 있었습니다. 그런데 갑자기 고영민이 나한테 "야, 윤성학. 내가 껍데기야? 내가 껍데기라고 생각해?"라고 물었습니다. 나는 별생각 없이 모르겠다고 했는데 그 말에 더 화가 났는지 갑자기 나에게 큰소리를 내기 시작했습니다. 나도 덩달아 왜 그러냐고 대거리를 했는데 갑자기 주먹을 휘두르는 게 아닙니까. 순발력이 좋은 나는 그 주먹을 가볍게 피했고 고영민은 중심을 잃은 채 쓰러졌습니다. 그러더니 "너 나와, 이 새끼야" 하고 나를 밖으로 끌고 갔습니다. 밖으로 나가자 갑자기 날아차기로 내 가슴팍을 차는 겁니다. 와락 달려들어 한판 붙으려다가 나는 그만 멈추고 말았습니다. 왜 그래, 왜 때리냐고…… 내가 껍데기냐고, 내가 껍데기냐고. 고영민도 더는 나를 때리지 못하고 우리는 부둥켜안고 엉엉 울어버렸습니다. 초봄의 땅은 질척질척했고, 나는 그날따라 새하얀 티셔츠를 입고 있어서 고영민의 발자국은 쾅, 아주 또렷하게 가슴에 찍혀버렸던 것이었습니다.

무규칙 이종격투 시 창작 배틀(Battle) 관전기

고영민은 그렇게 격투기와 소설을 전공했고, 나는 스케치 시 쓰기('형상사유 연습'이라는 말 기억나?)로 세월을 지나왔습니다. 그는 어느 대학에서 주최하는 대학문학상 소설 부문에 당선된 적이 한번, 나는 문예지 신인상 시 부문 최종심에 올라간 적이 한번. 그밖에 이렇다 할 성과 없이 빈손으로 우리는 학교를 떠났습니다. 1997년부터 서울에서 넥타이를 매고 매일 이렇다 할 것 없이 2호선 순환선을 타고 돌았습니다. 나는 대방동으로, 그는 역삼동 시절을 거쳐 서교동 시대로.

"아침부터 저녁입니다."

2001년 2월 17일 그가 '눈소식'이라는 제목으로 보낸 이 메일의 첫 문장입니다. 메일에는 「눈 오는 날」이라는 시 한 편이 동봉되어 있었는데,

눈은 하늘에서 오는 것이 아니라
하늘보다 더 먼 곳에서 온다

빈 그네만이 걸려 있는
고향에서 온다

고 적혀 있군요. 졸업한 지 4년 만에 보낸 메일은, 소설만 써온 그를 생각했을 때 낯설디낯선 시 한편이었습니다. 회사 근처에 부산오뎅집이 있는데 오뎅과 정종 맛이 괜찮으니 먹으러 오라면서 말이죠. 그래서 아마도 우리는 오뎅에 정종을 마셨을 테고, 봄 여름 가을이 지나 그해 겨울 나는 신춘문예에 당선됐습니다. 이듬해인 2002년 3월 22일 그에게서 온 11번째 메일에 관한 이야기를 빼놓을 수 없군요. 메일 제목은 '집 생각 난다'였습니다. "일은 안되고 괜히 시골

집 생각이 나서 끄적거린다"라며 한 줄을 적고 「향수」라는 시 한편을 붙여놓았군요.

부모한테 맞을 때는 빨리 달아나는 것이
효도란다.
나는 왜 그 열살에서 서른다섯이 넘도록
마당 한가운데
이렇게 맞고만
서
있는가.

단숨에 읽어내리는데 콧날이 새큰한 것이 사람의 감정선을 건드리는 솜씨가 좋았습니다. 나는 '어이, 좀 쓰는데'라는 제목으로 답장을 보냈더랬지요. 이어 4월 10일 「몰입(沒入)」이라는 시가 배달되어왔는데 나는 속으로 '어, 어, 이 선수 이러다 일내지' 했던 것 같습니다. 나에게 시를 보여주기는 했지만 사실 소설을 준비해오던 그는 며칠 후 문학사상 신인상 공모에 단편소설 두편을 응모하면서, 망설이다 망설이다 결국 시도 함께 응모했습니다. 5월 중순께 문학사상에서 덜컥, 연락이 왔답니다.

"고영민 씨, 축하합니다. 당선되셨습니다."

"아, 네. 감사합니다…… 근데 소설인가요, 시인가요?"

"네? 소설도 응모하셨어요?"

고영민이 그렇게 등단하고 나서 말하기를, "어이, 좀 쓰는데"라는 말이 자신에게는 힘이 됐고 시를 좀더 써도 된다는 씨그널로 생각됐다고 합디다. 나는 겸연쩍게 웃습니다.

그때부터 우리는 서로 매일 시를 써서, 어느날은 두편, 세편을 써서 서로에게 이메일로 보내며 '무규칙 이종격투 시 창작 배틀'을 벌였습니다. 그의 시를 읽는 것이 좋았고 그에게 시를 보내는 것이 좋았습니다. 우리가 등단한 2002년에 나는 250편을 썼고 고영민도 300편 가까이 썼으니 고영민과 나의 배틀이 어떠했는지 더이상 말하지 않아도 될 것 같습니다. 이 배틀은 2008년까지 7년가량 계속되었고 발밑엔 연필가루가 수북이 쌓였습니다. 8월에 그가 새 직장을 얻어 포항으로 내려가면서, 또 내가 회사에서 과장 직급이 되어 바쁘게 굴러가면서 배틀은 자연스럽게 막을 내렸습니다. 이제 2차전, 각자 자신과의 배틀을 하게 된 것이죠.

어느날 그가 "포항에 내려와 처음 써보는 시다. 시 한편 불러내기가 이렇게 어려워서야……"라면서 「일가(一家)」라는 시로 포항 시절의 막을 올리더군요

아침나절 물가로 나갔던 거위들이 줄서서 집으로 돌아

가고 있지

　나는 조용히 그걸 바라보고 있지

　어김없이 울타리를 돌아

　풀이 우거진 돌배나무 곁을 지나

　말뚝을 지나

　저녁의 어두운 마당을 지나

　왔던 길 그대로

　인색하게, 아주 인색하게

　왔던 길 그대로

　바깥에서 안으로, 안으로

　어디에도 한눈팔지 않고

　고스란히

　엉덩이를 흔들며

　한 발 한 발 거위 속으로 들어가는

　一家

저녁이 온다 그래서 울어야겠다니, 나 참

한참 만에 엉뚱하게도 경남 함양이라는 낯선 곳에서 고
영민과 다시 만났습니다. 올해 여름의 끝, 그가 지리산문학상을 받는 자리에 온다 간다 말없이 찾아갔더랬지요. 수상작은 「반음계」.

　　새소리가 높다

　　당신이 그리운 오후,
　　꾸다 만 꿈처럼 홀로 남겨진 오후가 아득하다
　　잊는 것도 사랑일까

　　잡은 두뼘 가물치를 돌려보낸다
　　당신이 구름이 되었다는 소식
　　몇 짐이나 될까
　　물비린내 나는 저 구름의 눈시울은

　　바람을 타고 오는 수동밭 끝물 참외 향기가
　　안쓰럽다

　　하늘에서 우수수 새가 떨어진다

　　저녁이 온다
　　울어야겠다

수상소감을 말하면서 그는 "지리산은 오르는 것이 아니라 드는 것 같습니다. 낳아주시고 길러주신 어머니의 품에 들듯이……"라고 말하며 목이 메었습니다. 그는 어머니 아버지를 말할 때 매번 울고, 매양 눈시울이 붉어집니다. 눈물이 나려는 걸 감추기 위해 공연히 마른 코를 들이마시더군요. 지저분하게 말입니다. 그날은 지리산이 다 젖도록 비가 내렸고 늦도록 술을 마셨습니다.

이번 고영민의 시집은 아마도 서산 출생, 안성에서 공부, 장호원에서 군생활, 서울에서 직장, 다시 포항에서 회사를 다니고 있는 마흔다섯 먹은 '소'의 붉은 눈시울에 관한 기록입니다. 이다지도 눈물이 많았으면서, 그렇게 마음이 여린 주제에 스물몇살 시절 친구들을 왜 그리 때렸나, 나를 왜 발로 찼나.

12남매 중 막내 고영민은 돌아가신 아버지, 아버지보다 먼저 간 넷째 형, 그리고 늙으신 어머니를 몸에 들이고 딱 그만큼의 시를 몸 밖으로 꺼내놓습니다. 그러고는 눈을 껌뻑입니다. 그의 여자, 그의 몸에서 나온 두 딸과 함께 "자면서 그대가 나에게 다리를 올려놓는 시간 내가 이불을 당겨 그대의/배를 덮어주는 시간"(「공전」)이 갖는 우주적 연민을 그는 알고 있나봅니다. 인류의 역사를 놓고 볼 때 모래알 하나가 다른 모래알과 부딪쳐 생긴 생채기만큼도 보잘것 없는 "저녁 밥상을 물린 뒤, 우리는 고요해졌다 형은 바다에 눕고 누나는 벽에 기대었다 어머니는 다림질을 하며 중얼거렸다 간장 간을 맞출 때는 생계란을 띄워보면 안단다"(「저녁 밥상을 물린 뒤」) 하시는 이런 풍경이 그에게 가서 시의 옷을 입는 것을 목격합니다. 그래서 공연히 나도 "소가 바람을 등지고 울면 큰비가 온다", "승수네 굴뚝 연기가/자꾸만 옆으로 돌아눕는구나"(「호미」) 하시는 어머니 말씀에 귀가 얇아집니다.

지난 10월에 부산에 내려갈 일이 있어 혹 시간이 나면 영일만의 영민을 만나 소주나 한잔 할까 연락을 넣었더니, 강원도 인제 큰형님 집에 계시던 어머니가 포항에 몇주 내려와 계시다가 다시 인제로 가신다며 모셔다드린다 하더군요. 갑자기 나도 어머니에게 묻고 싶어졌습니다. 아들이 묻습니다. "어머니는 왜, 내 몸에 눈물 많은 소를 매놓았을까/옷소매가 젖도록/훌쩍훌쩍, 매운 연기를 훔치던/슬픈 굴뚝을 박아놓았을까"(「호미」)라고.

형,

예전에 합정역에서 후기형이랑 셋이서 술 마실 때 후기형이 내게 말했지. 야, 성학아. 애 하나 더 낳아야지 인마. 커봐라. 혼자는 외롭다. 그래서 내가 형한테 물었지. 형 12남매지? 외로워, 안 외로워? 형의 답은 '외로워'였다. 후기형, 봤지? 하나나 열둘이나 외로운 건 마찬가지라니깐.

그런데 나중에 생각해보니 형의 외로움은, "형이 다시 저 길로 살아서 왔으면 좋겠다/작년에 돌아가신 아버지가/다시 저 길로 살아서 왔으면 좋겠다/죽은 아들을 살려 떠메고/함께 웃으면서 왔으면 좋겠다"(「마중」)는, 내가 아직은 문장으로 쓸 수 없는 외로움인가보다. 그래서 나는 당분간 외롭다는 말을 쓰지 않을 거다.

딸아이랑 같이 베어진 나무의 나이테도 헤아려보고(「새」), 두 아이가 토마토를 '도마도'라고 따라 부르니(「도마도」) 시가 참 맛있다. 딸이 둘이고 시집이 두권이니 이번 새 시집은 얼굴도 안 보고 데려간다는 셋째 딸이군. 아까워서 어찌 시집보내나.

지나온 시간 중에 돌아가고 싶은 순간을 하나만 더 보태야겠다. 형이 강원도 인제 어론리 큰형님 집에 가 있던 내 스물두살의 겨울. 연락도 안하고 무작정 서울을 떠나 더듬더듬 어론리를 찾아갔었지. 버스를 몇번 갈아타고 해가 기울기 시작하던 오후 무렵에 그 집 앞에 나는 도착했었다. 멀리서 보니 형은 안이 들여다보이는 창가, 볕이 잘 드는 곳에 의자를 놓고 앉아 책을 읽고 있었지. 아마 전상국의 소설이었을걸. 나는 눈이 가득 쌓인 앞마당을 천천히 걸어가 유리문 앞에 서서 형의 책에 닿고 있던 햇빛을 가로막아섰다. 형은 갑자기 어두워진 영문을 알기 위해 고개를 천천히 들었고, 바로 앞 창밖에 서 있는 나를 발견하고는 빙긋 웃어주었다. 나도 웃었다. 그 순간으로 돌아가 눈사람이 되어 서서(히) 소멸할 수 있다면……

그래서 오늘 내가 한 일이라곤 그저 그 웃음과 눈물들을 기억해냈다가 기억나지 않아서 갸우뚱하다가 말다가 한 것이 전부. 밤엔 서울에 올해 첫눈이 흩날렸다.

尹聖學 | 시인

내 발등 위에
한살 난 딸애의 발을 올려놓고
걸음마를 시킨다
앞으로 걷게 하기 위해
한 발 한 발 뒤로 걸음을 옮긴다
뒷걸음질을 친다
앞으로
내게 남은 일은 오직
뒷걸음질뿐이다

2012년 늦가을 영일대에서
고영민

창비시선 354

사슴공원에서

초판 1쇄 발행/2012년 11월 30일
초판 6쇄 발행/2024년 6월 3일

지은이/고영민
펴낸이/염종선
책임편집/전성이
펴낸곳/(주)창비
등록/1986년 8월 5일 제85호
주소/10881 경기도 파주시 회동길 184
전화/031-955-3333
팩시밀리/영업 031-955-3399 편집 031-955-3400
홈페이지/www.changbi.com
전자우편/lit@changbi.com

ⓒ 고영민 2012
ISBN 978-89-364-2354-4 03810